砂文

日和聡子

思潮社

砂文

すなぶみ

日和聡子

思潮社

目次

装幀　菊地信義

砂文

旅唄

神裂《かんざき》が叩く銅鑼《どら》を持ってついてまわった
道道を長く歩き　門門に立って
神裂は銅鑼を叩くのだった
大きな音が鳴り響いて　震えはわたしの腹の底の底へと沁んで通った
臍の奥から背中まで貫いて深まった
神裂が門門に立って銅鑼を叩いた　わたしは
その銅鑼を持ってついて歩いた
雪が降った。

二番目の朝。そして　春。
ほんとうなら　三月《みつき》ほどで辞めるだろう
そう思っていたのだそうだ。　なのにわたしが
四月《よつき》を過ぎて　もう半年ばかりもつとめているので
おどろいている　と

神裂が寝床を出ながら言った。　わたしの髪裾に
かすかに触れ
鈴を鳴らしてほめてくれた。
神裂の布団を畳んだ。

途上

街道に沿い　逸れ　海端や山中を往き往きし
あるとき神裂が　櫛とかんざしを買ってくれたことがあった
黒塗りの軸には　珊瑚の玉がついていた
銅鑼を持って付き従う　着たきりのわたしに
日日　大銅鑼を叩いて唄い唱える　着たきりの神裂が
三十五銭を出して　小間物屋で求めてくれたのがうれしかった　それは夢だった
わたしは　ふるさとを出てきて　それきり帰っていない
帰るところがない

銅鑼が響くたび　胸が壊れる
大きな音になるこまやかな風の震えの中に入って
一瞬だけ　懐かしいところに
交ざる　　遡って　　流れて

ある夏の前
温泉街に辿りつき
銅鑼を撫ぜ打ちながら　渡り抜いた

ゑびす屋　だるまや
首商店　骨切専門店
りんご屋　炉端焼いろり
ねじり本店　かきなご　……

湯めぐりのかえりの人が
立ち並ぶ店店を　のぞきのぞく
里に持ち帰る　土産物を選び選んで
その脇を　背後を　門前を
神裂と　わたしは　黙って過ぎる
銅鑼だけが　をんをん鳴って　あたりを包み　覆い隠す
消え入る響きに　追われ　逃げるようにして　摺り足で進み
突き当たりに　宿　行き止まりの　くらがりで
裾に　手
大きな　手のひら
指
　声

赤い灯の下

射的
発射する
飴が倒れる

神裂は
銅鑼を叩きながら
どんどん遠ざかる
遠ざけて　遠ざかることで　　近づく　　近づける
銅鑼の一打ち　一叩きで
飛ばす　　門門の人を。　わたしを。
夜は
深くなり　更けるほど
明けてゆく。
暗く　濃い　闇の極まったところが

朝。

神裂がくれたかんざし
いつしかなくしたものが　わたしのいなくなったあとにも
誰かに　見つめられている　今も。
神裂の銅鑼は　はじめは重たかった
ずっと重たかった　ただ　こちらの腕に　少しずつ力がついていただけ
身についたものが　重さを忘れたふりして歩かせていた頃
すでに　あのときから　はじまっていたのだ　わたしは
神裂の銅鑼からも　神裂からも
隔たっていた。　遠ざかろうとし続けて　離れようとしながら　近づいていた　そのために
明けていいた

帰らない

還らない　時
おしまいになる
銅鑼を叩き　煙を握る
神裂の手の指には　大山椒魚の名残があった
夜毎
青い顔をした人形が　目をまわす　狭筵《さむしろ》の上
やがて　とまる　動かない
さよならと言わない
くらがりの奥に　火が燃えていた
消えてもなお　影を残す　ずっとそのまま
戻らなくても
そこにあるよ
あの温泉街に

蝶が飛んでいた

ル短調

屋台　引きながら
考え事　していた
いつもの川沿いに
屋台　停めた

桃　栗　梅
鳳凰　松明　瑞兆

竹藪から　ぞろぞろ人　出てきた
長椅子に　バラバラ　座る

何にします？
御茶
昆布茶

梅茶
酒

屋台　引いて　もう　十二年になる
へイ？　餅ですか？
六個ね。
ソバ、　ソバ！
アイ――。

餅や、酒や、桃等を出し、
麺類も作る。みな不味い。

何か食わぬとやれんから、食べる。
屋台がくるから、おれら、助かる。

またきちゃんさい。
毎度あり。ありあとごやす。

川沿いに　提灯の火　ともし火
さざ波立つ　綾綾の水面に　光　流る
みなが竹藪へ帰っていく
背背を見送り　濡れ卓を拭き拭く

たぬき顔の女がひとり　長椅子の端に　座る
煙草、いい?
どうぞ。
女、横向いて、煙草すう。
巾着。
アイよ。

餅巾着は人気。のどにはり付く。美味くはない。ただ、
腹の底にしばしはり付く。ゆえゆえ、餅巾、人気少高。
あと、酢蛸。
アイ。

雪煙　舞い上がる。北の方で。　北方で。
ここは静か。ちんちら、ちんちら……
かすかに音曲を流している。　流　る
唄、うたって　いい？
お願いしやす。

ソンバ　スング　ル　ル

たぬき顔の女、酢蛸かじり、唄って、泣いた。
ひとり、なみだ　流した。
おいさん、幾つ？
三十八。
年だね。
食っちまって　さ。
大丈夫よ。　元気出しなよ。
ありあとごやす。

女　いって、
灯り、一つ　消した。
寒く　はない。　林檎の皮　むく。
おいしそう　すね。
おいし　いすよ。

い　？
らしゃい。
おれ、今日、はじめて　一人。
年越し？
そ。
へエ。
おいさん　は？
Z。
ズット？
ソ。

ル　ル　流　レ　ル　ル

屋台　引いて　帰った。

寝床ニ　虫。
椰子と笹むら
さやや　鳴ってた。

古墳

辿り着かないまま日没がきて古墳の前に居た
どうして?
と訊かずにそばで焚火にあたっている知らない男の軍手をしたような手
燃えうつらない?
芋でも焼けばよかった　よく焼けただろう
餅でしょう。
待ち合わせた人はそこへはこなかった
くる前に
一人一人になってべつべつの道を辿って家へ帰った

今日　どうした?
こうした……
などの他愛もない話のしあわせを一番のものと知る番《つがい》
下の子の三つ編みの長さが左右ばらばら

おねいちゃん　のようにうまくむすべない……
風呂場の脱衣所に佇むばさばさの大童
透き通った魚が涼しそうに家の真ん中を泳いでいる
（スイ　スヤ　スエ　……）
上の子は試験で今日も百点を取った　　　いずれ
物置小屋に数十年積まれていた箱を開けて
砂埃をかぶる分厚い答案用紙を焚火にくべる
（芋焼け　　餅焼け）
その火で焼いた芋や餅は美味くないでしょう
中には十四点や九点や六点までもが混ざっている
下の子の三点も

数十年経つと妹は三点のことなど忘れている
今は売れ残りの在庫の点数確認に追われて

今日こそは定時に帰ろうとしたものの廊下で風邪引きに呼び止められて　立ち話をした
乗りたかった電車には乗れなかったが飴をもらった
最後に見たその人のひらひらした袖口に目を乾かして
前と後ろに誰も歩かない小楢の長い道を辿って駅へ向かう

電車から見える小高い丘の上に家を建てて棲んでいる人としばし隣り合い
古墳の上に家を建てて棲んでいる別人の今を知らずに朝まで過ごした
最初のころは
橋でつながった箸袋型の島へ遊びに行った日中に
好きにもならず　なられもせず
見つめ合った目を互いに帰宅後に鼻喉とともに真水で洗って
きれいに流し流されたりして　鏡がくもった

島の　水茶屋の饅頭と　汀の白い貝殻

おもてにまだらな文様が入っていて　少し似ていた
　夕飯食べた？
　まだ。
山のない平地で電波を飛ばし合い　時間差で電車に乗り繰り出して　夕暮れのうねる人波にも
　まれて　壁を背にして路面で落ち合う
のまれた夕波の　渦中で見はぐれ　ふたたび近づき合って　胸と背をそっと合わせる
まだ間に合う　このままがいい　このままにしよう
火は点けず
燃え上がるのも　燃えうつらせるのも　やめにして
はじまっていないから　まだ　間に合う

　こわくない？
人声にまぎれて
獣の声を低くひそめる

こわいでしょう?
燃え尽きるのも　焼け付くのも
清らかな火を家の真ん中で小さく絶やさず大切にして暮らしていたあのころを思い出して
どのころを?
床を円く掘った暗い静かな家に棲んでいたときのこと

あのころも　どのときも　一緒には居なかったから　今もそうです
互いに互いを知ることのない　まだ会えなかったあのころに戻って……　錐揉みで熾した火
を大事にあやしたあのころに戻って……
ころころうるさいな
もう　戻れないよ

身体中を煙で燻された肉に臓腑をひそめて
見知らぬ者同士になり　古墳のそばで焚いた火に仲良く薪をくべて　いつまでもあたっていた

いものです

草木が生い茂り　新しい地表になった古墳の上を
まっさらな装束を身に纏って　駆け上っては駆け下りてしまった誰彼に
いつか誰かが出会っても　出会わなかった誰かもいるはず
今は床板のあたたまる四角い床を持つ家に棲みながら
いつでも火の始末ができるよう
円い床の家では火に薪をくべていたところに
骨の透けた魚たちが泳ぐ水槽を置き　なみなみとそこへ水を満たしている
長い間見知った顔をつき合わせて日を送りながら
いまだ少しも知り合えない別人と別人が
誰かの代わりでなく落ち合ったやすらかな窪へ戻ったときには
おもてでけがれた目と手をかならず洗い　鼻喉のうがいを忘れずにしてください

それでも　もし　　忘れてしまったら　　忘れたくないなら

けがし　けがされた　その焦げついた身を
煙に清く燻蒸された香りを残したまま
遠い日もこの地を歩いているところを　いたところを　一度は思い描いてみて
それからどうするのか　どうなるのかは
互いに　互いを知らぬまま
それぞれが眠っていたかもしれぬゆがんだ空洞を訪れ
その中へ　息を込めた声を響かせ　消え入らせて
何かを見たような気がして帰って行った日の終わりに
わかる一瞬が
くるのかもしれない

音のない声

夜更け
脱衣所の隅を　這うもの
動かなくなり
女が湯から上がるのを
待たずに消える

寝しずまった　廊下
いつかの　破れた蜘蛛の巣がぶら下がる
女は　髪の滴と汗を垂らしながら
しのび足で　奥の間へ渡る

点滅しない　青いランプ
緑と　黄と　黒い葉の　繁る　がじまる
怪物が　その根元で　大きな口をあけている

片目をとじ　もう一方を見ひらき　宙空を見つめて
空には　影か　月
どちらも出ていない

髪乾かす前の　一瞬
女は　夢を見た

二千年前の夜も　ここで祭りをしていた
そのときも　闇を　畏れていた
すでに　工房跡だった
割れた土の碗や　壺の破片が　散らばっている
裏庭へまわると　溜池
あたりに　葉を散り敷かせる　二本の木

ぬるい風と　ひえた川が　水面でまざりあい
庭にうずくまる　雨垂れと落葉を溜めた古甕の洞に
音のない声を　響かせる
その傍らに　一本の木が立ち
暗い洞をのぞき込んで
ひとひら落とした

城

手紙と　手紙の
あいだに落ちた　声
よい香りのする液を　互いにすり込み
障子越しの光
すらしら　する　白い床　で
肌をすべらせ合っていた

シら　そら

セし

黒塗りの　衝立のある　正面
二度と　跨がせぬ　越えさせせぬ
走馬灯が　端近の　間で　煌めく
おすべらかしの　真夜中

丑の刻過ぎの　交わり

　うしら　れしラ
しレラ　し　リソ

墓参の途中の息つぎ　警邏
鼻歌　たなびく　青い田の穂　波
休日の無人　縫製工場の
震えない　二階の磨り硝子の窓に
黒髪の影が映る　幾つも　ひらめき　揺れて
草の生い繁るさか道　欠け　砂粒の詰まった石段
上る
鳥はいつまでも鳴きはしない
嘘が術　手で

畳の青　青した匂　い
ぶつ　ま　の
細切　れの　残　像が御　肴

肌と肌と毛のこすれと縺れ
梳かし　解き終えて
遊んでいる白い光の玉を
渦巻きしたおはじきの　肚の底の海原の沈船
引き上げて
がらんどう
埋め

白塗りの　搦め手

脱ぎ石に残された　ころげ草履
またいで
廊下越しに
浮遊する庭の玉を見つめて

れみふぁ　ら　シ　ラ　し

気配の　薄
宴の棲む
空
寺小路　抜けて

城

御札

黒い
御札をもらい
「消災呪。」
額に貼られる
腕の付け根と
叉に

黄色い空の縁に
黒塀をはりめぐらせた
Y山のふもとの屋敷
門を見出せず
バスで通い詰めた町と集落
こいはしないと決めた少女の　靴下と爪　埋まる
仏壇の厨子の陰に

穀象虫が　餅菓子とともに
干て

「おねだりはしません。」
よいことは　そういうもの
山の色はひとつではない
行きと帰りの　一日のうちにも

間借り人の抜けた　二階の部屋
《溶接火花により燃えることがあります　養生してください》
きらの入った砂壁に寄りかかる
垂直よりわずかに傾いで立つ保温板が
閉め切った窓のうちで
赤字を流す

もえる日の午後
七日間ほど　滞在人が入った
てっぺんに　玉房飾りのついた頭巾をかむり
般若心経の手拭いをかけている
「〈道しるべの汚損・破損〉について」
現状と　防止策を
見えない隣室の先客が　問答して通り過ぎる
右目と左耳で感じ取り
借り室に籠もって　往生した
小机に　手拭いと　帳面を畳んで
砂に塗れた　半眼
まぶたに残る　余った黒目を
「ち、」

と二枚貝の足のように窓からさし出し
下の道を　のぞいていた

明け方
空になった二階の右を
次に貸し出す計を階下の寝床で密めく夫婦
互いの股に
いつかあけび模様の網籠を提げて
ともにさまよった朝靄の渓谷から
今朝
沢蟹がひとり上ってくるのを
左の窓から
見下ろしている

ら

雨の降る田に
ら
はすべり込んだ
五月三日の田植えを
去年も　前の年も　その年の前から
ら
は見ていた
し　にも　へ　にも
い　にも　つ　にも
く　にも　くく　にも　なりながら
ら
は田から出て
畦を越え　土手を降り
繁みへと流れて

その先で
見えない渦になった

雨合羽を着て　田植え機に乗り
苗を植えていく人
苗を運ぶ人
草を刈る人
植え直しをする人
屋根の下で　たばこの用意をする人
食事をこしらえて　待ち受ける人たち
それがなかった頃から

さざ波を受けながら
泳ぎ続けるあめんぼ

跳ねる蛙
まどろむ卵
水紋の下に透ける　幾つもの　ぬしの違う足跡が入り交じる
ら
は自らもそこへ幾条もうねる跡を残しつつ
田を見てまわる
ほそい舌をぴりぺれさせて

殖えては　減ってゆく
奥山の
ひる前
しずかに降り注ぐ雨
濡れない
ら

店

旅の土産
あげるもの　もらうもの
うらさびれた　店の軒　奥　棚
買って　鞄に
入れた

宿
おとこたちの　話し声
向かいの二階の廊下
はだけて　浴衣の胸をはだけて
あばら　脚　胡坐
腹　あおいで
汗

日　暮れ
風呂を求める

店の奥　鎮座した　何年も
店の奥　鎮座した　店の奥　店の奥
鎮座した　店の奥　小さな　神
ほこりまみれ　店の奥
神
おわしました　奥
もう何年も　はじめから　店の奥

生まれる前の
ずっと前の生まれる前の
店の奥は　柳だった

それから　柳は神に変わり
神は店の奥で　ほこりに埋まった
何年も　店の奥
客　話をきき　じっと堪え
ものの揺れにも　堪えた
柳は神に変わり　その前は　土だった
ねずみの子ども　親　それが親になり　子になった
みな　見ていた
眠って　寝た
さめても　また

おわします神
おわしました　木の椀　当たり前の　茶碗
箸　饂飩　団子　表具　レインコオト　石鹸

蠟燭立て　茶筅　灰皿　醬油差し
手袋　ボオルペン　ソオダ水　ちり紙　ノオト　盃
雨合羽　亀の子たわし　急須　砂糖　匙　缶詰
煙草　箒　花瓶　虫籠
粘土　グラス　洗濯糊
酒　塩　ミルクセイキ
飴

血が騒ぐ
鎮まる
揺り返し　轟く

風呂に入り
上がって

赤鬼の来訪
おめでとう　さよなら
産土の玩具　葡萄
おむつの湿り
還りたい
一瞬の土産

縄

縄を綯う　男の横で
乳呑み児が　舌を空にのばして
垂れてこぬ　白い乳を
なめていた

昼間でも　うす暗い土間
床下に　鼠の穴があり
夜ごと　けものが出入りした
その家で　子らが育ち
稲は実った

《新米が出きましたので　お送りします。》

八月には

打出の小槌を土産に買った
門前で　阿弥陀籤を引いて
――――短い斧
――――太い竿
――――まぜごはん
――――菱形
――――ぶどう糖
されこうべが　語っていた
「昔むかし……」
かすれた声で。

盆提灯のかげから
土
何かが　命果てたところ

夜の池の底で
眠っている　息
しずかに　冷やす
やがて
雪が

祀文

はらへにほそ
はらへにほそ
江らむにしけらし
江らむにしけらし
へりらむけにえ
へりらむけにえ
幸光えりほ
幸光えりほ
　ゐかまゐれ
ゆしる
さゆへゆれりそな
　　　のおくれ
れけせよむなれ

にゆせまみせ虹

　まれらきし
　ふまた　はせけ

　をしれ　に
　か　た礼　らた
満らりひるなきせ
へ見物もらてる
　　　そふな

しゆえるもひに
たまれくらとし
うむゐゑむそ

うきゆへかとつをに
はえも　らむしだ
けせもひやいそし
つまけしそくれ

ねそしあそし
めあれのちにす
まそぶし遊へねは
むねし

やとによりすまう
おしいをそれむた
いれほとちりち
田肥せにきべつぬ

しれそなこてり
げふろにきとほり
卅機桟札むれじや
れむじやぎへえ
つれくすむめれえ
あさしつとうねえる
ひつらむにすとうれつ
ぜんもき

蛇行

右目川《うめ》は左目川《さめ》を慕い
ふもとで交わり
やがて峠を越した

「岐《わか》れ。」
道すじの違う　ふたつの谷に向かっておりてゆく
断とうとも　はなれようとも　ふたたびよじれ　縺れ合った
「こっち向いて。」
引き裂くことも　選び取るのも
できるのはひとつだけと　おびえながら　逃げ惑った

「どうするの？」

一切の宝物《ほうもつ》。　掠めた光陰。

誰にもしらせず　邪魔もさせぬ
薄寒い夏の終わりに
大雨の降りしきる　傘のない町にて
水嵩を増し　濁流となって　うねり合った

過ぎ去る刹那　遠ざかる岸に　ずぶ濡れの女が這い上がり
草叢にひそむ影が　帯を解いて　膝を抱える
「もうこれで。」
さめてゆく青い血汐を逆流であたためて
渦中に新たな誕生日を捨てる。

嶮しい山腹を駆け上がり
「いって。」
告げてこれが最後の峠

取りつくことも　そむこともできぬ流れ
岩に幾度も打ちつけた　潰れた頭のしずくを払って
活路を探しに　先を急ぐ

「ここで。」
ふたつの流れの行方を祈る
決してひとつにならぬ川の

遊泳

沖へ出て
浜を振り返った

砂浜は　斜めにかたむき
海の家の屋根からは　青い蔦が垂れさがる
砂の散る板の間に茣蓙を敷いて憩う人たちに
立ち泳ぎをしながら手をふった

凪いだ海にも　波は絶えず寄せてくる
そのたびに　ふわり　跳び上がってやり過ごし
水に潜って砂底を流れる光を追った

深く吸っても　すぐに足りなくなる息を
幾度も水面に顔を出して継ぐうちに

浜の景色は変わっていった
波打際に残してきたサンダルは　もう見えなくなった

どこまでいけるか　いっていいのか
あと少し　もう少し　と漂い流されていく背中に
監視台から　繰り返し警告が発せられる
「ブイを越えている方
早く　一刻も早くこちらへ戻ってきてください――」

半音下がるみたいにして
爪先に触れる水が急にひんやりする
遠ざかった海の家から駆け出して
大きく手まねきしてくれる人の声を　風がさえぎる
腕や脚に絡みつく流れ藻を振りはらい

どちらへ向かって泳げばいいのか
引き潮にさからって

三時

彼女はコップの水にストローをさした
口をストローにつけて水を吸った
叔母は冷蔵庫の扉を開けて中を見ていた
肉塊は冷凍庫の奥にあった

噴水の上がる百貨店の屋上には走る子と寝る子と鉢植えが数え切れない
いずれまた吸気となる呼気は揺れながら屋根の上を流れて
牡蠣料理店の煙突の向こうに滞る雲とまじわる
二時間後がまだこなかったころ
三十九年前の午過ぎだった

赤く塗った爪の先が欠けて
手紙を書くとき　鏡を見て少し割った
包丁を研いで研いで　研いで

部屋を片付けて　ドアから出て行った

蒸し暑い列車に乗り
雪景色を眺めて
鞄の底の鋭い尖端を指先で確かめた
何度も　何度も　数えて
残った爪は二枚だけ
汗は冷えて　振り返らない首をはなれた

コップの水は　肉と混ざる
花がひらいてとじるあいだに
水槽の濁った方を歩きまわる巻貝の歯舌
一度として　かきあげられなかった
髪と　文

腹にひそめた電池が洩れて
ふくろうの文鎮と　御守りと　枕で
上手に火を起こす
器用な作業着の内側の熱に触れる

空中庭園が
あふれ　あふれ出して
えぐられた地下はうつろになった
本はなおも棚に並べ置かれたまま
繁った草の枯れゆく倉庫の一隅に
刃がこぼれ錆ついた鎌を集め
綿に寝せ　ひびの入った砥石で蓋をする
額を幾つもそこへ打ちつけて
ひんやりする　　と、

にっこりした子

砂壁の鴨居に吊るされたハンガー
肩から抜け落ち　縁に重なり皺んだ人影
折れ曲がった細い管のささる部屋を訪れ
懐に呑んできた薄刃をかざして空を切っても
しぶきはもう上がらない
水気の絶えた三時

土星の午後

学校から帰ると
家に　誰もいなかった

《土星に行っています。》

台所のテーブルに　書き置き
「誰の字？」
ひんやりした土曜の午後
廊下は少し　翳っている

畳に　床に　流れる髪が横たわる
その川をまたいで　部屋へ
「降ってきました。」
レースのカーテン越しに　実況する。

鞄そのものが　重たい鞄。　机の脇に　下ろす
「あぁッ！」
机に突っ伏して
足元はおろそか　白いソックスに　蛍光タスキが蟠る
人参にしゃべりかけていた　昔も
今は　鏡台のうしろの障子に　映らない影が　溜まる

自転車を漕いで
土星へ向かう
公園を過ぎたあたりから　道を失くす
土曜日の午後は雨
ここ土星には　午後がない

顔を上げて

踊りの稽古へ出かける
〈恵比須と大黒〉。
釣り竿と魚を持って　舞う
「そこでもっと腰を入れる！」
大黒様は　今日はお休み。
礼をして　敷居をまたぎ　舞台を下りる
ご褒美のコーラガムをもらって
稽古場を出る　お遍路さんと　入れ違いに

〈将来の夢〉　は
どの欄に書けばいいですか？　何を書けば？
「のすける」は、「載せ」て「据える」の意だと思うんですよね
だから
〈言語学者〉　と書こうかと　あるいは、〈料理研究家〉　か。

公園の前を通って
そろばん塾の脇の猫をさわる
土星　とは、　何ですか。　どこにあるか、知っていますか？
教えてください。
「ぺぇれべぇれ。」

土曜日の午後は　　夜へ繋がる
みんな　どこへ行ったのだろう
また会えるのでしょうか。
どっちへ行けば　いいのですか

団地の外まで帰ると　急に陽が差してきた
紅茶が飲みたい

室内楽

林のそばにたつ洋館で
女は得意気に血を流している
時どき黒い靴が訪ねてくるのを
向かいの山は見つめていた

夜がきて
朝がくる
玄関のない館
裏庭に木戸
林を吹き抜ける風が壊した
声は外へ届かない

居間の窓枠から見渡すかすんだ稜線
山頂に根を張る常緑樹の名前を知らずに過ごす女が

「私よりも年若い両親が郷里には棲んでいます。」
と菓子鉢にミルクケーキを並べて卓に出し
紅茶を淹れてすすめてくれる
今も故郷に暮らしています、と
繰り返し繰り返し
訴えかけるように言うのだった

室内楽が
ソファのある居間に流れ続ける
レコードプレイヤーは
いつまでも自動で円盤に針を落とす
「次は何を聴きますか？」
訪問客に希望曲を求める女は
牡丹色のつば広帽子をけっして脱がず

その陰に鋭い眼光を隠して声を低める
「〈ロンテルミィの夢想の調べ〉。」
訪問客がそう答えると　女はにらんで部屋を出ていき
傾ぐ離れの物置小屋から
弦のたわんだギターの首根をつかまえ戻ってきた

「道路に伏す痩せた猫
目の奥を透き通らせて
尖った背骨の峰に小雨を受けて
次の世でも逢おうと告げた」

レコードをとめ
弦を引き締め弾き語る女に
訪問客は　首をわずかに横へ振り

蛸の王子の話をはじめた
「ペリモッタア　ヤンサン　シュッテ　ヴィファイラ　レルゥエ　ロンテルミィ　……」
館のなかを次第につよく吹きまわす風が
べつべつの戸棚を大きく開け閉めする
女は血を流し続け
訪問客は　割れた窓から出ていった

風が林を通り抜ける
壊れた木戸を
ぴったり閉めようと激しく吹いても
閂をかけることはできなかった
内も外も吹きあおられる洋館から
女は客の目のない背中を見送っていた

「いつでもまたいらっしゃい。」
いつまでもありはしない館の
かれてゆく暗がりに溶け込み女が言うとき
長い耳たぶに下がったとんがりピエロのイヤリングが
くぼんだ両頬の脇でちぐはぐに揺れていた
風がやんだあとに

三才

高原へ向かう列車で
名前のわからぬ
渓流をさかのぼってゆく

誰も歩いていない乾いた砂埃の道
やがて　夕もやのかかった一帯へ続き
水に湿る草陰からは
濡れた女の白い腕が浮かび上がる

白昼夢の襞のような
幅の広いトンネルに入る
抜け出すと
早苗の植えられた光る田んぼが
日没に滲んで目を涼ませる

列車は渓流に沿って遡行を続ける
名前はまだわからない
それがあると思い込んで

〈ドアは自動では開きませんので
　手で開けてください。〉

念仏塚から　乗ってきた人
紫色の風呂敷包みで通勤する
ボックス席に座り
銀色の箱から　眼鏡を取り出し
新聞をひらく

〈ドアが閉まります
　ご注意ください。〉

空いてきた車両
通路をまたいで反対側の席へ移る

夜の手前の川は影絵を垂らす
爪先の赤い上履きが　片方ずつ流れてくるのを
手を伸ばして拾うこともできずに
膝を揃えて通り過ぎる

「新聞には何が書かれていますか
　あの上履きと　川については。」

紫色の風呂敷包みの
半分は　白くとけている
一日はしずかに終わりへ向かう
薄目をあけてそれをのぞきこむとき
気になるものはなければないほうがいい

高原のふもとに湧き出す湖のように
あざみと骨の沈む胃の底が撫ぜられて澄んでゆく
目をとじても未だ見えない湖上にゆっくりと帳がおりてゆくのを
畔に坐《まし》ます小さなリンゴを象った乳白色の石をかかげて少し照らす
そのとき何が視えるというのか
迷妄ならば　破り浚ってしまいたいが
目をあけるたびに　また目を伏せている

はすかいになおも見え隠れする人の姿は
そろそろと新聞をたたみ
眼鏡をはずして　銀箱にしまう
列車は速度を次第に落とす
風呂敷包み一式は持ち上げられて
胸に抱かれて席をはなれた

〈ドアは自動では開きませんので
　手で開けてください。〉

誰かが手でドアを開ける
降りてゆく人たちが降りてゆく
乗ってくる人たちの姿は目に見えない
誰がドアを開けたのだろう？

〈ドアが閉まります
　ご注意ください。〉

何度でもこうして言うことをきき
あと一つで列車を降りる

高原に二つ並んだ白い椅子は
今ごろ夜露に濡れはじめる

朝にはともに
鐘を鳴らして小径を下る

砂場

砂場で
赤いバケツと如雨露とスコップ
それとゼリーの空き容器で
城をつくって崩す幼女

脱げ落ちた青いズック
片方
園庭にころがっている

赤と白が
背中合わせになった帽子
頭上で幾度もひっくり返され
数十の頭部を覆う背中が
炎天で一斉に仰け反る真昼

黄色い旗
黄色い手帳
黄色い兎

「たろうはどれですか。」
「いいえ。たろうはいませんでした。」

幾人かで口口に言い合うように
幼女はひとりつぶやき城中を捜す
たずねびとが見つからないと
しずもる砂の深い層に
両手を沈めてしばし涼んだ

ときどき
園を囲む青緑色のフェンスの向こうに
すう
と立っている何かと　誰かを
見間違えた
風が吹いたり
陽に灼かれたりして
そよぎながら
見つめていた

雲梯に干された黄組のシーツは
フェンスを越えて　生きたように　飛んでいった
「だれがそれをつかまえにいったの？」

質問した子らは
すでにもぞもぞしながら眠っている

昼寝とおやつのあと
幼女は
腕に幾つも歯形をつけて
鉄棒でスカート回りを練習する子らを
中庭の中段にすわって
そよぎながら
見つめていた
油で揚げた　小麦粉と砂糖と鶏卵と牛乳を混ぜたものから
怪獣が生まれ出てくるのだと
教えられて

信じ込んだ
それを食べてふくらませた腹を庭先に並べた子らとはなれて
鉄棒のかわりに
赤いバケツの柄を握りしめる
まるいその両手首には
つながった
小さな島島のようなこぶが
たしかに五つずつ
浮かんでいた

大きくなれば
五つ子が
生まれてくるはずだった

陽が傾き
お迎えの時間がきても
幼女はひとり砂場で遊んでいる
崩れかけた城の脇に
ふぞろいの砂団子を次次に拵えては並べ置き
「かえってきたか。」
「これたべんさい。」
と言ったり言われたりしている幼女に
次第に涼しくなってゆく夕方の風が
少しずつ
消えない砂を
かけていった

砂文《すなぶみ》

著者
日和聡子《ひわさとこ》
発行者
小田久郎
発行所
株式会社 思潮社
〒一六二―〇八四二 東京都新宿区市谷砂土原町三―十五
電話〇三（三二六七）八一五三（営業）・八一四一（編集）
ＦＡＸ〇三（三二六七）八一四二
印刷所
創栄図書印刷株式会社
製本所
小高製本工業株式会社
発行日
二〇一五年十月二十五日 第一刷 二〇一七年二月二十五日 第二刷